TRAVAUX & MÉMOIRES

DE

L'UNIVERSITÉ DE LILLE

TOME X. — MÉMOIRE N° 27.

MÉDÉRIC DUFOUR — ÉTUDE DE MÉTRIQUE ET DE RYTHMIQUE SUR LE PROMÉTHÉE ENCHAÎNÉ D'ESCHYLE

LILLE

AU SIÈGE DE L'UNIVERSITÉ, RUE JEAN-BART, 1

1901 — 02

EN VENTE

A LILLE, chez M. Tallandier, rue Faidherbe, 11 et 13.

A PARIS, chez MM. Alcan, 108, Boulevard St-Germain.
et Welter, 4, rue Bernard-Palissy.

TRAVAUX & MÉMOIRES

DE

L'UNIVERSITÉ DE LILLE

TOME X. — MÉMOIRE Nº 27.

MÉDÉRIC DUFOUR — ÉTUDE DE MÉTRIQUE ET DE RYTHMIQUE SUR LE PROMÉTHÉE ENCHAINÉ D'ESCHYLE

LILLE

AU SIÈGE DE L'UNIVERSITÉ, RUE JEAN-BART, 1

1901

Le Conseil de l'Université de Lille a ordonné l'impression de ce mémoire le 13 février 1901.

L'impression a été achevée, chez Le Bigot Frères, *le 8 mai 1901.*

ÉTUDE DE MÉTRIQUE ET DE RYTHMIQUE

SUR LE

PROMÉTHÉE ENCHAINÉ

D'ESCHYLE

PAR

MÉDÉRIC DUFOUR

Professeur de Langue et Littérature grecques à l'Université de Lille

LILLE

LE BIGOT FRÈRES, IMPRIMEURS-ÉDITEURS

68, rue Nationale, et rue Nicolas-Leblanc, 25.

1901

AVANT-PROPOS

Cette étude a des prétentions très modestes. C'est la rédaction des notes que j'ai prises en scandant les parties lyriques du *Prométhée enchaîné* d'Eschyle, inscrit aux programmes des concours aux agrégations des lettres et de grammaire en 1901. Je ne publie cette *préparation* qu'afin de rendre service aux étudiants de nos Universités.

Si quelques-uns de mes collègues veulent bien y jeter les yeux et me signaler mes fautes, je leur en serai sincèrement reconnaissant.

A Lille, janvier 1901.

M. D.

TABLE DES MATIÈRES

ÉTUDE DE MÉTRIQUE & DE RYTHMIQUE

SUR LE

PROMÉTHÉE ENCHAINÉ D'ESCHYLE

BIBLIOGRAPHIE

Je me suis servi, pour cette étude, des ouvrages suivants :

ÉDITIONS : H. Weil, *Aeschyli Prometheus vinctus* (Gissae, 1864); *Aeschyli tragoediae* (Leipzig, 1889). — N. Wecklein, *Aeschylus, Prometheus* für den Schulgebrauch erklärt (2ᵉ édit., Leipzig, 1878); *Aeschyli fabulae* (Berlin, 1885).

J'ai suivi, dans mes citations, le texte et les chiffres de la dernière éd. de Weil (1889).

MÉTRIQUE ET RYTHMIQUE : Christ, *Metrik der Griechen und Römer* (Leipzig, 1874). — Rossbach et Westphal, *Theorie der musischen Künste der Hellenen*, Band III, Abtheilung II : *Specielle griech. Metrik* (Leipzig, 1889). — Gleditsch, *Metrik der Griechen und Römer* (dans le *Handbuch* d'Iwan Müller, 2ᵉ éd., München, 1890). — Masqueray, *Théorie des formes lyriques de la trag. gr.* (Paris, 1895); *Traité de métrique gr.* (Paris, 1899).

Comme il n'entrait pas dans mon plan d'étudier la constitution du *trimètre iambique* dans cette tragédie, je renvoie le lecteur aux chapitres consacrés à ce vers dans les Traités qui viennent d'être cités. Il trouvera dans Gleditsch une bibliographie complète. Qu'il consulte aussi, dans l'édition de Wecklein de 1878, les notes aux v. 2, 6, 18, 52, 67, 76, 107, 116, 640, 648, 715, 730.

Les DIVISIONS SYMÉTRIQUES DU DIALOGUE ont été marquées avec trop de rigueur par Weil dans son édition de 1864. Wecklein s'est montré moins systématique et peut être plus souvent suivi dans son édition de 1878. Consulter, sur ce sujet, la bibliographie de Keck : *Litteratur über den symmetrischen Bau des Recitativs bei Aesch.*, dans *Jahrbücher für klass. Philologie*, t. LXXXI, p. 809 sq.).

Sur le DÉBIT MÉLODRAMATIQUE de certaines parties *iambiques*, des *épirrhèmes* et des *systèmes anapestiques hypermètres*, v. Christ, *die Parakataloge im griech. und. röm. Drama*, dans *Abhandl. der bayer. Akad.* XIII, 3, p. 155 sq.).

Enfin, sur la MISE EN SCÈNE, lire Navarre, *Dionysos* (Paris, 1895).

Le *Prométhée enchaîné* d'Eschyle se compose des parties suivantes :

PROLOGUE : 1-127,

PARODOS : 128-92,

PREMIER ÉPISODE : 193-396,

PREMIER STASIMON : 397-435,

DEUXIÈME ÉPISODE : 436-525,

DEUXIÈME STASIMON : 526-60,

TROISIÈME ÉPISODE : 561-886,

TROISIÈME STASIMON : 887-906 (1),

EXODE : 907-fin.

PROLOGUE

1-127

Deux scènes : 1°) 1-87 : un dialogue en *trimètres iambiques* entre Kratos (Bia est un personnage muet) et Héphaistos (Prométheus garde le silence);

(1) Certains savants ont contesté que les parties lyriques du *Prométhée* fussent contemporaines du dialogue et écrites de la main d'Eschyle. Cette opinion a été réfutée par Weil (*Des traces de remaniement dans les dr. d'Esch.*, *Rev. des Ét. gr.* 1888, p. 21 sq.), suivi par Robert (*Hermès*, 1896, p. 561 sq.) et Kroll (*Scenische Illusion im Ve Jahrh.. Satura Viadrina*, Breslau, 1896, p. 60 sq.). La présente étude, faite du seul point de vue de la métrique et de la rythmique, confirmera l'opinion traditionnelle.

2°) 88-127 : un monologue de Prométheus, en mètres divers.

Dans la première scène, Kratos transmet à Héphaistos l'ordre de Zeus en 6 v. (1-6); la réponse d'Héphaistos à Kratos comprendra également 6 v. (12-7). Pendant qu'Héphaistos, pressé par Kratos, cloue le Titan au rocher, le dialogue est divisé en parties symétriques : Kratos prononce 2 v. et Héphaistos lui répond en 1 v. (36-81). Il est vrai que, la première fois, Kratos débite 3 v. Cependant il n'est pas nécessaire de faire, comme Kiehl ou Ludwig, l'athétèse du v. 37 ou du v. 38; il suffit de considérer le v. 37 comme servant de conclusion à ce qui précède; les deux vers suivants commencent le dialogue symétrique.

Ce dialogue lui-même se divise en trois parties égales :

1° Héphaistos hésite : 15 v. (37-51); 2° Héphaistos cloue les bras et la poitrine du Titan : 18 v. (52-66); 3° il cloue les jambes : 15 v. (67-81). Nous avons ainsi 15, 18, 15. Cette division a été indiquée par Ribbeck (*Qua arte Aesch. in Prom. fab. diuerbia composuerit*, p. 1 sq.) et Ludwig (*Zur Kritik des Aesch.*, p. 26).

Resté en scène après le départ d'Héphaistos, Kratos insulte au malheur du supplicié en 6 vers (82-7). C'est le chiffre déjà relevé 1-6, 12-7.

Le monologue de Prométheus se divise en 3 parties égales de 13 v. chacune : 87-100, 101-13, 115-27. Entre les vers 113 et 115, une interjection *iambique*. La 1re partie comprend deux subdivisions de 5 + 8 v., distinguées par le mètre : les 5 premiers vers (87-91) sont des *trimètres iambiques*; les 8 suivants (92-100) forment un système *anapestique hypermètre*. Ce changement de rythme s'explique par le sentiment même qu'exprime Prométheus. Dans les *trimètres iambiques*, il prenait les éléments à témoin de son supplice; dans les *anapestes*, il donne cours à son indignation.

La 2e partie est tout entière en *trimètres iambiques*. Mais ces vers sont aussi partagés par le sens en deux subdivisions de 5 + 8 v. (101-5, 106-13). Le retour au rythme *iambique* est justifié par le changement qui s'opère en Prométheus ; plus calme, celui-ci semble se résigner à son sort.

Comme les deux précédentes, la 3e partie se subdivise en 5 + 8 v. Dans la 1re subdivision (115-9), la variété des mètres sert à marquer le trouble de Prométheus, qui entend un bruit et sent un parfum. Ce sont les Océanides qui approchent, montées sur un char ailé, sans que le Titan puisse encore les apercevoir. Quand elles sont plus près (v. 120), Prométheus passe aux *anapestes* (120-7). Il est de tradition, dans l'ancienne tragédie, que l'entrée du chœur dans l'orchestre soit accompagnée de systèmes *anapestiques hypermètres*, débités παρακαταλογάδην par le coryphée. Ici, ce sont aussi des *anapestes* qui accompagnent les mouvements de la μηχανή ; mais, comme Prométheus demeure et demeurera toujours en scène, il est naturel que le débit des *anapestes* lui soit attribué et qu'il remplace le coryphée.

En résumé, la composition du monologue est *mésodique* :

5
8
———
5
8
———
5
8

La *mésode* est formée par la seconde partie *iambique*.

Tout ce monologue semble avoir été débité *mélodramatiquement*. S'il en est ainsi, l'αὐλητής est entré dans l'orchestre avant la πάροδος.

Venons à la scansion.

Les premiers *anapestes* (92-100) forment un système *hypermètre*, terminé par un *parémiaque*, autrement dit un *tétramètre catalectique*, dont la longue pénultième est tenue pendant 4 unités de mesure.

Δέρχθηθ' οἵαις αἰκίαισιν
διακναιόμενος τὸν μυριετῆ
χρόνον ἀθλεύσω.
Τοιόνδ' ὁ νέος ταγὸς μακάρων
ἐξηῦρ' ἐπ' ἐμοὶ δέσμον ἀεικῆ.
Φεῦ φεῦ, τὸ παρὸν τό τ' ἐπερχόμενον
πῆμα στενάχω, πῇ ποτε μόχθων
χρὴ τέρματα τῶνδ' ἐπιτεῖλαι.

— –́ | — –́ | — –́ | — –́
∪ ∪ –́ | ∪ ∪ –́ | — –́ | ∪ ∪ –́
∪ ∪ –́ | — –́
— –́ | ∪ ∪ –́ | — –́ | ∪ ∪ –́
— –́ | ∪ ∪ –́ | — ∪ ∪ | — –́
— –́ | ∪ ∪ –́ | ∪ ∪ –́ | ∪ ∪ –́
— –́ | ∪ ∪ –́ | — ∪ ∪ | — –́
— –́ | ∪ ∪ –́ | ∪ ∪ ⊔́ | –́.

Dans la 1re subdivision de la 3e partie, les mètres sont variés. C'est d'abord une interjection, formant un mètre *iambique* (deux longues tenues pendant 3 unités de mesure) :

Ἆ ἆ.
⊔ ⊔́.

puis un *tétramètre bacchiaque* :

τίς ἀχώ, τίς ὀδμὰ προσέπτα μ' ἀφεγγής,
∪ –́ — | ∪ –́ — | ∪ –́ — | ∪ –́ —;

un *trimètre iambique*,
un membre composé d'un *dochmius* et d'un *éon* :

ἵκετο τερμόνιον ἐπὶ πάγον
— ∪ ∪ ∠ ∪ ∪ ∪ | ∪ ∪ ∪ —;

enfin deux *trimètres iambiques*.

La 2e subdivision, qui, par le sens, se rattache étroitement à la 1re, forme, comme il a été dit, un système *anapestique hypermètre* :

τὸν Διὸς ἐχθρόν, τὸν πᾶσι θεοῖς
δι' ἀπεχθείας ἐλθόνθ' ὁπόσοι
τὴν Διὸς αὐλὴν εἰσοιχνεῦσιν,
διὰ τὴν λίαν φιλότητα βροτῶν.
Φεῦ, φεῦ, τί ποτ' αὖ κινάθισμα κλύω
πέλας οἰωνῶν; αἰθὴρ δ'ἐλαφραῖς
πτερύγων ῥιπαῖς ὑποσυρίζει.
Πᾶν μοι φοβερὸν τὸ προσέρπον.

— ∪ ∪ | — ∠ | — ∠ | ∪ ∪ ∠
∪ ∪ ∠ | — ∠ | — ∠ | ∪ ∪ ∠
— ∪ ∪ | — ∠ | — ∠ | — ∠
∪ ∪ ∠ | — ∠ | ∪ ∪ ∠ | ∪ ∪ ∠
— ∠ | ∪ ∪ ∠ | ∪ ∪ ∠ | ∪ ∪ ∠
∪ ∪ ∠ | — ∠ | — ∠ | ∪ ∪ ∠
∪ ∪ ∠ | — ∠ | ∪ ∪ ∠ | — ∠
— ∠ | ∪ ∪ ∠ | ∪ ∪ ⊔ | ∠.

PARODOS

128-192

La *parodos* a la forme *épirrhématique*, c'est-à-dire que chaque élément des deux syzygies est suivi d'un couplet composé dans un autre rythme, non pas chanté, mais débité *mélodramatiquement* (παρακαταλογάδην). Ces *épirrhèmes* sont attribués à Prométheus et formés de systèmes *anapestiques hypermètres*. Il est à remarquer qu'ils sont inégaux (9. 8. 12. 7 v.). La disposition est la suivante :

{ Α : *Chœur* : 128-35,
α : *Prométheus* : 136-44 ;
Α′ : *Chœur* : 145-51,
β : *Prométheus* : 152-9.

{ Β : *Chœur* : 160-6,
γ : *Prométheus* : 167-78 ;
Β′ : *Chœur* : 179-85,
δ : *Prométheus* : 186-92.

Les strophes de la première syzygie (Α Α′, 128-35 = 145-51) sont composées d'*ioniques mineurs anaclomènes*.

Μηδὲν φοβηθῇς · φιλία γὰρ ἅδε τάξις	Λεύσσω, Προμηθεῦ · φοβερὰ δ' ἐμοῖσιν ὄσσοις	1
πτερύγων θοαῖς ἁμίλλαις	ὁμίχλα προσῇξε πλήρης	2
προσέβα τόνδε πάγον, πατρῴας	δακρύων σὸν δέμας εἰσιδοῦσαν	3
μόγις παρειποῦσα φρένας ·	πέτρᾳ προσαυαινόμενον	4
κραιπνοφόροι δέ μ' ἔπεμψαν αὖραι.	ταῖσδ' ἀδαμαντοδέτοισι λύμαις.	5
Κτύπου γὰρ ἀχὼ χάλυβος διῇξεν ἄντρων	Νέοι γὰρ οἰακονόμοι κρατοῦσ' Ὀλύμπου ·	6
μυχόν, ἐκ δ' ἔπληξέ μου τὰν θεμερῶπιν αἰδῶ ·	νεοχμοῖς δὲ δὴ νόμοις Ζεὺς ἀθέτως κρατύνει,	7
σύθην δ' ἀπέδιλος ὄχῳ πτερωτῷ.	τὰ πρὶν δὲ πελώρια νῦν ἀιστοῖ.	8

– – ⏑ ⏑́ | – ⏑ ⏑ – | ⏑ – ⏑ ⏑́ | ⏗́ ∧
⏑ ⏑ ⏗́ | ⏑ – ⏑ ⏑́ | ⏗́ ∧
⏑ ⏑ –́ – | ⏑ ⏑ –́ ⏑ – –́ ∧
⏑ – ⏑ ⏑́ | – ⏑ ⏑ –
– ⏑ ⏑ – | ⏑ ⏑ –́ ⏑ – –́ ∧
⏑ – ⏑ ⏑́ | – ⏑ ⏑ – | ⏑ – ⏑ ⏑́ | ⏗́ ∧
⏑ ⏑ ⏗́ | ⏑ – ⏑ ⏑́ | – ⏑ ⏑ – | ⏑ ⏗́ –
⏕ ⏑ | – ⏑ ⏑ – | ⏑ ⏑ –́ ⏑ – –́ ∧

Observations. — La correspondance antistrophique est parfaite.

Le scholiaste a bien vu que ce sont là des vers *ioniques* : ὁ ῥυθμὸς Ἀνακρεόντειός ἐστι κεκλασμένος πρὸς τὸ θρηνητικόν. Ἐπεδήμησε γὰρ τῇ Ἀττικῇ Κριτίου ἐρῶν καὶ ἠρέσθη λίαν τοῖς μέλεσι τοῦ τραγικοῦ (Weil : μέλεσιν αὐτοῦ ὁ τραγικός).

'Εχρῶντο δὲ αὐτοῖς οὐκ ἐν πάντι τόπῳ, ἀλλ' ἐν τοῖς θρηνητικοῖς, ὡς καὶ Σοφοκλῆς Τυροῖ β'. Ἔστι δὲ ταῦτα ὅμοια τῷ « οὐδ' αὖ μ' ἐάσεις μεθύοντ' οἴκαδ' ἀπελθεῖν ».

Christ (*o. l.* p. 516) scande comme le scholiaste. Rossbach et Westphal (*o. l.* p. 691) considèrent cette syzygie comme *logaédique* et composée dans un style qui n'apparaît que plus tard, au temps de Sophocle et d'Euripide. Heidler (*De compositione metrica Promethei fabulae Aeschyleae*, Diss. inaug., Breslau, 1884) défend l'opinion de Rossbach et de Westphal. Il estime que la métrique de cette tragédie ne présente pas les mêmes caractères que celle des autres pièces du même poète et qu'elle doit être d'une date postérieure. Weil (*Des traces de remaniement dans les drames d'Esch.*, *Rev. des Etud. gr.*, 1888, p. 21 sq.) reconnaît que ce rythme n'a été employé par le poète que dans la πάροδος et le premier στάσιμον de cette tragédie; mais il ne faut point, dit-il, oublier que nous n'avons pas toute l'œuvre d'Eschyle et que ce poète employait peut-être ce rythme ailleurs. Nous verrons, en effet, à propos du second et du troisième στάσιμα, qu'il faut éviter toute généralisation hasardée. Il est surprenant que Masqueray (*Théorie des formes lyriques de la tr. gr.*, p 34) suive Rossbach et Westphal : « Ce sont là, dit-il, des strophes *logaédiques* d'un caractère particulier et qui appartient à un art postérieur. Le scholiaste suivi par Bergk (*Griech. Litter*, III, p. 314, n. 101) voit dans ces vers des *ioniques*. » Je remarquerai, à ce propos, que l'erreur de Masqueray, dans le beau livre que je cite, est d'avoir accepté sans discussion les scansions de Rossbach et de Westphal. C'est donner une assiette bien peu solide à sa théorie.

v. 1 : le *diiambe* et le *choriambe* sont les substituts naturels de l'*ionique*. Tous deux équivalent, en effet, à 6 unités de mesure. Cf. 2, 4, 5, 6, 7, 8. La longue finale représente à elle seule 6 temps. Cf. 2, 6. — v. 2 : au 1er pied, la longue est tenue pendant 4 unités de mesure. Cf. 7. — v. 3 : du 2e au 3e pied, il y a *anaclase*, c'est-à-dire *syncope* en une longue de deux brèves, dont l'une termine un pied et l'autre commence le pied suivant. Les deux mesures ∪ ∪ ⊥ ∪ — ⊥ ⊔̑ équivalent à ∪ ∪ ⊥ ∪ ∪ | ∪ ⊥ ⊔̑. C'est le même phénomène qui se produit dans le *parémiaque anapestique*. Cf. 5. 8. La longue finale a en réalité 5 unités de mesure. Cf. 8. — v. 7 : dans le dernier pied, la 2e longue a une durée de 3 unités de mesure. — v. 8 : le vers commence par une *anacrouse*. Devant cette brève, il faut suppléer un silence de 5 unités de mesure.

Les *épirrhèmes* attribués à Prométheus sont, comme il a été dit plus haut, des systèmes *anapestiques hypermètres*.

V. 136-44 :

Αἰαῖ αἰαῖ,
τῆς πολυτέκνου Τηθύος ἔκγονα.

τοῦ περὶ πᾶσάν θ ' εἱλισσομένου
χθόν' ἀκοιμήτῳ ῥεύματι παῖδες
πατρὸς Ὠκεανοῦ,
δέρχθητ', ἐσίδεσθ' οἵῳ δεσμῷ
προσπορπατὸς
τῆσδε φάραγγος σκοπέλοις ἐν ἄκροις
φρουρὰν ἄζηλον ὀχήσω.

— —́ | — —́
— ⏑́ ⏑ | — —́ | — ⏑́ ⏑ | — ⏑́ ⏑
— ⏑́ ⏑ | — —́ | — —́ | ⏑ ⏑ —́
⏑ ⏑ —́ | — —́ | — ⏑́ ⏑ | — —́
⏑ ⏑ —́ | ⏑ ⏑ —́
— —́ | ⏑ ⏑ —́ | — —́ | — —́
— —́ | — —́
— ⏑́ ⏑ | — —́ | ⏑ ⏑ —́ | ⏑ ⏑ —́
— —́ | — —́ | ⏑ ⏑ ⌴ | —́.

V. 152-9 :

Εἰ γάρ μ' ὑπὸ γῆν νέρθεν θ' Ἅιδου
τοῦ νεκροδέγμονος εἰς ἀπέραντον
Τάρταρον ἧκεν,
δεσμοῖς ἀλύτοις ἀγρίως πελάσας,
ὡς μήτε θεὸς μήτε τις ἄνδρῶν
τοῖσδ' ἐπεγήθει·
νῦν δ' αἰθέριον κίνυγμ' ὁ τάλας
ἐχθροῖς ἐπίχαρτα πέπονθα.

— —́ | ⏑ ⏑ —́ | — —́ | — —́
—́ ⏑́ ⏑ | — ⏑́ ⏑ | — ⏑́ ⏑ | — —́
— ⏑́ ⏑ | — —́
— —́ | ⏑ ⏑ —́ | ⏑ ⏑ —́ | ⏑ ⏑ —́
— —́ | ⏑ ⏑ —́ | — ⏑́ ⏑ | — —́
— ⏑́ ⏑ | — —́
— —́ | ⏑ ⏑ —́ | — —́ | ⏑ ⏑ —́
— —́ | ⏑ ⏑ —́ | ⏑ ⏑ ⌴ | —́.

Observation. — Il y a dans ce système une symétrie évidente ; les parties en sont ainsi distribuées :

α
α
β

α
α
β

α
α

Dans les strophes du second couple, deux parties doivent être distinguées : l'une est *iambique*, l'autre *dactylo-trochaïque*.

Τίς ὧδε τλησικάρδιος	Σὺ μὲν θρασύς τε καὶ πικραῖς	1
θεῶν, ὅτῳ τάδ' ἐπιχαρῆ ;	δύαισιν οὐδὲν ἐπιχαλᾷς,	2
τίς οὐ ξυνασχαλᾷ κακοῖς	ἄγαν δ'ἐλευθεροστομεῖς.	3
τεοῖσι, δίχα γε Διός ; ὁ δ'ἐπικότως ἀεὶ	Ἐμὰς δὲ φρένας ἐρέθισε διάτορος φόβος·	4
θέμενος ἄκναφον νόον	δέδια δ'ἀμφὶ σαῖς τύχαις,	5
δάμναται οὐρανίαν	πᾷ ποτε τῶνδε πόνων	6
γένναν, οὐδὲ λή -	χρή σε τέρμα κέλ -	7
ξει πρὶν ἂν ἢ κορέσῃ κέαρ,	σαντ' ἐσιδεῖν · ἀκίχητα γὰρ	8
ἢ παλάμᾳ τινὶ	ἤθεα καὶ κέαρ	9
τὰν δυσάλωτον ἕ -	ἀπαράμυθον ἔ-	10
λη τις ἀρχάν.	χει Κρόνου παῖς.	11

⏑ ∠ | ⏑ ∠ | ⏑ ∠ | ⏑ ∠
⏑ ∠ | ⏑ ∠ | ⏑ ⏑́ ⏑ | ⏑ ∠
⏑ ∠ | ⏑ ∠ | ⏑ ∠ | ⏑ ∠
⏑ ∠ | ⏑ ⏑́ ⏑ | ⏑ ⏑́ ⏑ | ⏑ ⏑́ ⏑ | ⏑ ∠ | ⏑ ∠
⏑́ ⏑ ⏑ | ∠ ⏑ | ∠ ⏑ | ⊔́
∠ ⏑ ⏑ | ∠ ⏑ ⏑ | ⊔́
∠ ⏑ | ∠ ⏑ | ⊔́
∠ ⏑ ⏑ | ∠ ⏑ ⏑ | ∠ ⏑ ⏑
∠ ⏑ ⏑ | ∠ ⏑ ⏑
∠ ⏑ ⏑ | ∠ ⏑ ⏑
∠ ⏑ | ⊔́ | ⊔́.

Observations. — La correspondance antistrophique est complète, si, dans le κῶλον 5, l'on écrit avec Dindorf ἄκναφον au lieu de ἄγναμπτον, que conserve Weil.

Ces *dactylo-trochées* doivent être rapprochés de ceux qui composent la troisième syzygie du premier στάσιμον.

Selon Westphal (*Prolegomena zù Aeschylos*, p. 6 sq.), les *dactylo-trochées* du *Prométhée* rappelleraient plutôt le style d'Euripide que celui d'Eschyle dans les *Suppliantes* et les *Euménides*. Weil (*o. l.*) a déjà répondu que nous n'avons point toute l'œuvre du poète et que nous ne pouvons, par conséquent, nous faire une idée précise de son style dans les strophes *dactylo-trochaïques*.

Mais Westphal ne s'est-il pas trompé sur le style des *dactylo-trochées* des *Suppliantes* et des *Euménides?* La seconde syzygie du premier στάσιμον des *Suppliantes* (538-46 = 547-55) est *dactylo-trochaïque* dans sa 1re partie (elle se termine par trois κῶλα *choriambiques*). Scandons-la :

Παλαιὸν δ'εἰς ἴχνος μετέσταν
μάτερος ἀνθονό -
μους ἐπωπὰς,
λειμῶνα βούχιλον, ἔνθεν-'Ιὼ
οἴστρῳ ἐρεσσομένα
φεύγει ἁμαρτίνοος,
πολλὰ βροτῶν διαμειβομένα...

'Ιάπτει δ' 'Ασίδος δι' αἴας
μηλοβότου Φρυγί-
ας διαμπάξ·
περᾷ δὲ Τεύθραντος ἄστυ Μυσῶν,
Λύδιά τ' <ἄγ> γύαλα,
καὶ δι' ὀρῶν Κιλίκων
Παμφύλων τε διορνυμένα...

∪ ⏗ | ⏗ | –́ | ∪ –́ | ∪ ⏗ | –́
–́ ∪ ∪ | –́ ∪ ∪
–́ ∪ | ⏗ | ⏗
— –́ | ∪ ⏗ | –́ | ∪ –́ | ∪ ⏗ | –́
–́ ∪ ∪ | –́ ∪ ∪ | ⏘
–́ ∪ ∪ | –́ ∪ ∪ | ⏘
–́ ∪ ∪ | –́ ∪ ∪ | –́ ∪ ∪ | ⏘...

Cette strophe ne présente-t-elle pas le même caractère que celle du *Prométhée?* Il en est ainsi de la quatrième syzygie du premier στάσιμον des *Euménides* (383-8 = 389-95).

Μένει γὰρ εὐμηχάνῳ
τε καὶ τελείῳ, κακῶν
τε μνήμονες, σεμναὶ
καὶ δυσπαρήγοροι βροτοῖς,
ἄτιμα τίομεν ἀτίεται
λάχη θεῶν διχοστατοῦντ'
ἀναλίῳ λάμπᾳ,
δυσποδοπαίπαλα δερκομένοισιν·

Τίς οὖν τάδ' οὐχ ἅζεταί
τε καὶ δέδοικεν βροτῶν,
ἐμοῦ κλύων θεσμὸν
τὸν μοιρόκραντον, ἐκ θεῶν
δοθέντα τέλεον, ἔπι δέ μοι
<υ -> γέρας παλαιὸν, οὐδ'
ἀτιμίας κύρω,
καίπερ ὑπὸ χθόνα τάξιν ἔχουσα

καὶ δυσομμάτοις ὅμως. καὶ δυσάλιον κνέφας.

∪ ⊥ | ∪ ⊔ | ⊥ | ∪ ⊥
∪ ⊥ | ∪ ⊔ | ⊥ | ∪ ⊥
∪ ⊥ | ∪ ⊔ | ⊔ | ⊥
— ⊥ | ∪ ⊥ | ∪ ⊥ | ∪ ⊥
∪ ⊥ | ∪ ∪ ∪ ¦ ∪ ∪ ∪ | ∪ ⊥
∪ ⊥ | ∪ ⊥ | ∪ ⊥ | ∪ ⊥
∪ ⊥ | ∪ ⊔ | ⊔ | ⊥
⊥ ∪ ∪ | ⊥ ∪ ∪ | ⊥ ∪ ∪ | ⊥ —
⊥ ∪ ¦ ⊥ ∪ ¦ ⊥ ∪ | ⊔.

Il y a plus : le fragment 65 (Bergk-Hiller) d'Alkmann révèle déjà le même style :

Εὕδουσιν δ' ὀρέων κορυ-
φαί τε καὶ φάραγγες,
πρώονές τε καὶ χαράδραι,
φῦλά θ' ἑρπετὰ τόσσα τρέ-
φει μέλαινα γαῖα
θῆρές τ' ὀρεσκῷοι
καὶ γένος μελισσᾶν
καὶ κνώδαλ' ἐν βένθεσ-
σι πορφυρέας ἁλός·
εὕδουσιν δ ' οἰωνῶν
φῦλα τανυπτερύγων.

⊥ — | ⊥ ∪ ∪ ¦ ⊥ ∪ ∪
⊥ ∪ | ⊥ ∪ | ⊥ —
⊥ ∪ | ⊥ ∪ | ⊥ ∪ | ⊥ —
⊥ ∪ | ⊥ ∪ ∪ | ⊥ ∪ ∪
⊥ ∪ | ⊥ ∪ | ⊥ ∪
— ⊥ | ∪ ⊥ | ∪ ⊥
⊥ ∪ | ⊥ ∪ | ⊥ —
— ⊥ | ∪ ⊥ | — ⊥
∪ ⊥ | ∪ ⊥ | ∪ ⊥
— ⊥ | — ⊥ | — ⊥
⊥ ∪ ∪ | ⊥ ∪ ∪ | ⊔.

Revenons aux strophes du *Prométhée* pour quelques remarques de détail : v. 5 : la dernière longue a une durée de 3 unités. Cf. 7. — v. 6 : la dernière longue est tenue pendant une durée de 4 unités. — v. 11 : les deux dernières longues sont de 3 unités.

Les *épirrhèmes* sont des systèmes *anapestiques hypermètres.*

V. 167-78 :

Ἦ μὴν ἔτ' ἐμοῦ, καίπερ κρατεραῖς
ἐν γυιοπέδαις αἰκιζομένου,
χρείαν ἕξει μακάρων πρύτανις,
δεῖξαι τὸ νέον βούλευμ' ἀφ' ὅτου
σκῆπτρον τιμάς τ' ἀποσυλᾶται.
Καί μ' οὔτε μελιγλώσσοις πειθοῦς
ἐπαοιδαῖσιν
θέλξει, στερεάς τ' οὔποτ' ἀπειλὰς
πτήξας τόδ' ἐγὼ καταμηνύσω,
πρὶν ἂν ἐξ ἀγρίων δεσμῶν χαλάσῃ
ποινάς τε τίνειν
τῆσδ' αἰκίας ἐθελήσῃ.

— —́ | ⏑ ⏑ —́ | — —́ | ⏑ ⏑ —́
— —́ | ⏑ ⏑ —́ | — —́ | ⏑ ⏑ —́
— —́ | — —́ | ⏑ ⏑ —́ | ⏑ ⏑ —́
— —́ | ⏑ ⏑ —́ | — —́ | ⏑ ⏑ —́
— —́ | — —́ | ⏑ ⏑ —́ | — —́
— —́ | ⏑ ⏑ —́ | — —́ | — —́
⏑ ⏑ —́ | — —́
— —́ | ⏑ ⏑ —́ | — ⏑ ⏑ | — —́
— —́ | ⏑ ⏑ —́ | ⏑ ⏑ —́ | — —́
⏑ ⏑ —́ | ⏑ ⏑ —́ | — —́ | ⏑ ⏑ —́
— —́ | ⏑ ⏑ —́
— —́ | — —́ | ⏑ ⏑ ⏑⏑́ | —́.

V. 186-92 :

Οἶδ' ὅτι τραχὺς καὶ παρ' ἑαυτῷ
τὸ δίκαιον ἔχων· ἔμπας, οἴω,
μαλακογνώμων
ἔσται ποθ', ὅταν ταύτῃ ῥαισθῇ·
τὴν δ' ἀτέραμνον στορέσας ὀργὴν

εἰς ἀρθμὸν ἐμοὶ και φιλότητα
σπεύδων σπεύδοντί ποθ' ἥξει.

— ⏒ ⏑ | — —́ | — ⏒ ⏑ | — —́
⏑ ⏑ —́ | ⏑ ⏑ —́ | — —́ | ⏑ ⏑ —́
⏑ ⏑ —́ | — —́
— —́ | ⏑ ⏑ —́ | — —́ | — —́
— ⏒ ⏑ | — —́ | ⏑ ⏑ —́ | — —́
— —́ | ⏑ ⏑ —́ | — ⏒ ⏑ | — —́
— —́ | — —́ | ⏑ ⏑ ⏗ | —́.

PREMIER ÉPISODE

193-396

Le premier épisode comprend deux scènes; l'une entre le coryphée et Prométheus (193-284), l'autre entre Okéanos et Prométheus (285-396).

La première scène ne se laisse pas réduire à un dessin symétrique, mais il convient de remarquer qu'elle commence par un *quatrain* du coryphée, demandant à Prométheus de lui exposer les raisons de son supplice (193-6). Les explications de Prométheus seront suivies d'un second *quatrain* du coryphée (242-5). Un troisième *quatrain* du même coryphée suivra encore le dialogue *stichomythique*, dans lequel le Titan expose qu'il a sauvé les mortels en leur donnant le feu, et que le terme de sa peine dépend du caprice de Zeus (259-62).

Il est, en effet, à remarquer que le coryphée intervient souvent dans le dialogue par un *quatrain*. Voir, en effet, les v. 472-5, 507-10, 631-4, 819-22, 1036-9.

Le couplet de Prométheus (197-241) comprend deux parties inégales (197-225, 226-41). Dans la première, il raconte la révolte des Titans; dans la seconde, il dit ce qu'il a fait pour sauver les mortels de l'anéantissement. Chacune de ces deux parties est précédée d'un préambule de 2 v. (197-8, 226-7).

Du v. 246 au v. 258, le dialogue est *stichomythique*.

Le dernier couplet de Prométheus (263-76) se divise en deux parties. Dans la première, il dit qu'il est trop facile de le blâmer; en agissant comme il a fait, il savait à quoi il s'exposait (8 v. 263-70); dans la seconde, il invite les Océanides à descendre dans l'orchestre (6 v. 271-6).

Toute cette partie de l'épisode est *iambique*; mais, pendant que les douze Océanides, conduites par le coryphée, descendent de la μηχανή, c'est-à-dire du char ailé, qui les a portées à hauteur du λογεῖον, sur le λογεῖον même, puis dans l'ὀρχήστρα, le coryphée débite παρακαταλογάδην un système *anapestique hypermètre* (277-83). Ce sont là les *anapestes* traditionnels par lesquels le coryphée accompagne l'entrée du chœur dans l'orchestre. Il est à remarquer que ces vers *anapestiques* sont au nombre de 8, c'est-à-dire symétriques à la première partie du précédent couplet de Prométheus.

Οὐκ ἀκούσαις ἐπεθώυξας
τοῦτο, Προμηθεῦ.
Καὶ νῦν ἐλαφρῷ ποδὶ κραιπνόσυτον
θᾶκον προλιποῦσ'
αἰθέρα θ' ἁγνὸν πόρον οἰωνῶν,
ὀκριοέσσῃ χθονὶ τῇδε πελῶ.
Τοὺς σοὺς δὲ πόνους
χρῄζω διὰ παντὸς ἀκοῦσαι.
— —́ | — —́ | ⏑ ⏑ —́ | — —́
— ⏑ ⏑ | — —́
— —́ | ⏑ ⏑ —́ | ⏑ ⏑ —́ | ⏑ ⏑ —́
— —́ | ⏑ ⏑ —́
— ⏑ ⏑ | — —́ | ⏑ ⏑ —́ | — —́
— ⏑ ⏑ | — —́ | ⏑ ⏑ —́ | ⏑ ⏑ —́
— —́ | ⏑ ⏑ —́
— —́ | ⏑ ⏑ —́ | ⏑ ⏑ ⊔́ | —́.

La dernière scène commence par des *anapestes*. Pendant la

marche des Océanides, la μηχανή a été remontée. Au char ailé a été substitué un hippogriffe (τὸν πτερυγωκῆ τόνδ' οἰωνόν, v. 286. Cf. τετρασκελὴς οἰωνός, v. 395), sur lequel Okéanos descend vers Prométheus. Ce mouvement est accompagné d'un système *anapestique hypermètre* (284-97), dans lequel Okéanos proteste de son dévouement au Titan et lui demande ce qu'il doit faire pour alléger ses maux.

Ἥκω δολιχῆς τέρμα κελεύθου
διαμειψάμενος πρός σε, Προμηθεῦ,
τὸν πτερυγωκῆ τόνδ' οἰωνὸν
γνώμῃ στομίων ἄτερ εὐθύνων·
ταῖς σαῖς δὲ τύχαις, ἴσθι, συναλγῶ.
Τό τε γάρ με, δοκῶ, συγγενὲς οὕτως
ἐσαναγκάζει,
χωρίς τε γένους οὐκ ἔστιν ὅτῳ
μείζονα μοῖραν νείμαιμ' ἢ σοί.
Γνώσει δὲ τάδ' ὡς ἔτυμ', οὐδὲ μάτην
χαριτογλώσσειν ἔνι μοι· φέρε γὰρ
σήμαιν' ὅ τι χρή σοι συμπράσσειν·
οὐ γάρ ποτ' ἐρεῖς ὡς Ὠκεανοῦ
φίλος ἐστὶ βεβαιότερός σοι.

– –́ | ⏑ ⏑ –́ | – ⏑ ⏑ | – –́
⏑ ⏑ –́ | ⏑ ⏑ –́ | – ⏑ ⏑ | – –́
– ⏑ ⏑ | – –́ | – –́ | – –́
– –́ | ⏑ ⏑ –́ | ⏑ ⏑ –́ | – –́
– –́ | ⏑ ⏑ –́ | – ⏑ ⏑ | – –́
⏑ ⏑ –́ | ⏑ ⏑ –́ | – ⏑ ⏑ | – –́
⏑ ⏑ –́ | – –́
– –́ | ⏑ ⏑ –́ | – –́ | ⏑ ⏑ –́
– ⏑ ⏑ | – –́ | – –́ | – –́
– –́ | ⏑ ⏑ –́ | ⏑ ⏑ –́ | ⏑ ⏑ –́
⏑ ⏑ –́ | – –́ | ⏑ ⏑ –́ | ⏑ ⏑ –́
– –́ | ⏑ ⏑ –́ | – –́ | – –́
– –́ | ⏑ ⏑ –́ | – –́ | ⏑ ⏑ –́
⏑ ⏑ –́ | ⏑ ⏑ –́ | ⏑ ⏑ –́ | –́.

Ces vers sont groupés selon la disposition *mésodique* en :

5.
4.
5.

Tout le reste de la scène entre Prométheus et Okéanos est composé de *trimètres iambiques.*

Quelques symétries peuvent y être relevées. Aux 5 derniers vers du premier couplet *iambique* d'Okéanos (325-9), répondent 5 v. de Prométheus (330-34) et 5 vers d'Okéanos (335-9). Le couplet suivant de Prométheus (340-76) a un préambule de 4 v. (340-4) et une conclusion de 4 v. (373-6).

De 377 à 386, la répartition est :

Ok. 2.
Pr. 2.
Ok. 2. } = 3.
Pr. 1.
Ok. 2. } = 3.
Pr. 1.

Le dialogue est ensuite *stichomythique* (3 couples de 2 v. 387-8, 389-90, 391-2); puis il se termine par 4 v. d'Okéanos (393-6).

En résumé, il y a symétrie dans ce que l'on peut appeler les arètes du dialogue.

PREMIER STASIMON

397-435

Ce *stasimon* a la forme *épodique* : il comprend, en effet, deux syzygies et une épode.

{ A : 397-405,
{ A′ : 406-14;
{ B : 415-9,
{ B′ ; 420-4;
Γ : 425-35.

La première syzygie (A A′ 397-405 = 406-14) est chantée dans le rythme *ionique mineur anaclomène* :

Στένω σε τᾶς οὐλομένας τύχας, Προμηθεῦ,
δακρυσίστακτα δ' ἀπ' ὄσσων
ῥαδινὸν λειβομένα ῥέος παρειὰν
νοτίοις ἔτεγξα παγαῖς.
'Αμέγαρτα γὰρ τάδε Ζεὺς
ἰδίοις νόμοις κρατύνων
ὑπερήφανον θεοῖς τοῖς
πάρος ἐνδείκνυσιν αἰχμάν.

Πρόπασα δ' ἤδη στόνοεν λέλακε χώρα,
μεγαλοσχήμονα τ' <– –>
<⏑ ⏑> ἀρχαιοπρεπῆ στένουσι τὰν σὰν
συνομαιμόνων τε τιμάν,
ὅποσοι τ' ἔποικον ἁγνᾶς
'Ασίας ἕδος νέμονται,
μεγαλοστόνοισι σοῖς πή-
μασι συγκάμνουσι θνατοί.

⏑ – ⏑ –́ | – ⏑ ⏑ – | ⏑ – ⏑ ⌴́ | ⌴́
⏑ ⏑ –́ – | ⏑ ⏑ –́ ..
⏑ ⏑ –́ – | ⏑ ⏑ –́ ⏑ – ⏑ –́ –
⏑ ⏑ –́ ⏑ – ⏑ –́ –
⏑ ⏑ –́ ⏑ ⏑ –́ –
⏑ ⏑ –́ ⏑ – ⏑ –́ –
⏑ ⏑ –́ ⏑ – ⏑ –́ –
⏑ ⏑ –́ – | – ⏑ –́ –.

Observations. — Dans l'antistrophe, les κῶλα 2 et 3 sont incomplets. A la fin du 2e, il manque deux syllabes longues; au commencement du 3e deux syllabes brèves. La correspondance antistrophique est, d'ailleurs, parfaite.

Le rythme est le même que celui de la première syzygie de la πάροδος.

v. 1 : le *diiambe* et le *choriambe* sont régulièrement substitués à l'*ionique mineur* : ils comptent, en effet, 6 unités de mesure. Les deux dernières longues ont chacune la valeur de 4 unités. — v. 3, 4, 5, 6, 7 : anaclases : ⏑ ⏑ –́ ⏑ – ⏑ –́ – = ⏑ ⏑ –́ ⏑ ⏑ | ⏑ ⏑ –́ –. — v. 8 : le second *ionique* commence par une longue irrationnelle.

La deuxième syzygie (B B′ 415-9 = 420-4) est formée de trois membres *trochaïques*, d'un *glyconien second* et de l'élément *iambo-choriambique*, communément appelé *phérécratéen premier*.

Κολχίδος τε γᾶς ἔνοικοι	Ἀραβίας τ' ἄρειον ἄνθος,	1
παρθένοι, μάχας ἄτρεστοι,	ὑψίκρημνον οἳ πόλισμα	2
καὶ Σκύθης ὅμιλος, οἳ γᾶς	Καυκάσου πέλας νέμονται,	3
ἔσχατον τόπον ἀμφὶ Μαι-	δάϊος στρατὸς, ὀξυπρῴ-	4
ῶτιν ἔχουσι λίμναν,	ροισι βρέμων ἐν αἰχμαῖς.	5

⏑́⏑ ⏑ — ⏑ | –́ ⏑ — —
–́ ⏑ — ⏑ | –́ ⏑ — —
–́ ⏑ — ⏑ | –́ ⏑ — —
— ⏑ –́ ⏑ ⏑ | –́ ⏑ ⊔
— ⏑ ⏑ –́ | ⏑ ⊔ –́.

Observations. — Le *trochée* initial du 1er membre est remplacé, dans l'antistrophe, par un *tribraque*. La correspondance antistrophique est, d'ailleurs, complète.

Le 4e membre fait difficulté. On ne sait, en effet, comment scander le *glyconien second*. M. Th. Reinach, d'accord avec M. von Wilamovitz-Moellendorf, y voit une dipodie *ionique à anacrouse*. Cette manière de scander me paraît la plus plausible de toutes. On sait que ce vers a deux formes : — — — ⏑ ⏑ — ⏑ —, — ⏑ — ⏑ ⏑ — ⏑ —. Pour la première, nulle difficulté : ⊔∧ –́ | –́ — ⏑ ⏑ | –́ ⏑ ⊔. Mais, dans la deuxième forme, comment expliquer la seconde brève ? Il me semble que la première longue peut être considérée comme la syncope de la brève de l'anacrouse et de la brève initiale du premier pied. On aurait ainsi ⊔∧ ⏑ | ⏑ ⏑ — ⏑ ⏑ | –́ ⏑ ⊔.

Quant au *phérécratéen premier*, qui termine la strophe, c'est incontestablement un vers *choriambique*, dans lequel le second *choriambe* est régulièrement suppléé par un *diiambe*, dont la seconde longue a une durée de 3 unités de mesure.

L'épode (Γ 425-35) a été traitée par M. Weil dans ses deux éditions comme une syzygie. Avec Rossbach et Westphal (*o. l.*, p. 502) et Wecklein (édit. de 1885), je considère les vers 425-35 comme une strophe unique. Elle est composée de *dactylo-trochées*.

Μόνον δὴ πρόσθεν ἄλλον ἐν πόνοις 1
δαμέντ' ἀδαμαντοδέτοις 2
Τιτᾶνα λύμαις ἐσειδόμαν θεὸν, 3

Ἄτλαντος ὑπέροχον σθένος κραταιόν, 4
ὡς γᾶν οὐράνιόν τε πόλον 5
νώτοις ὑποστεγάζει. 6
Βοᾷ δὴ πόντιος κλύδων 7
ξυμπίτνων στένει βυθὸς, 8
κελαινὸς Ἄϊδος ὑποβρέμει μυχὸς γᾶς, 9
παγαί θ' ἁγνορύτων ποταμῶν 10
στένουσιν ἄλγος οἰκτρόν. 11

∪ ⊥́ | –́ ‖ –́ ∪ | –́ ∪ | –́ ∪ | ⊥́
∪ –́ | ∪ ∪ –́ | ∪ ∪ –́
∪ –́ | ∪ –́ ‖ –́ ∪ | –́ ∪ | –́ ∪ | ⊥́
∪ –́ | ∪ ∪́ ∪ | ∪ –́ | ∪ –́ | ∪ ⊥́ –́
–́ — | –́ ∪ ∪ | –́ ∪ ∪ | ⊔́
— –́ | ∪ –́ | ∪ ⊥́ | –́
∪ ⊥́ | –́ ‖ –́ ∪ | –́ ∪ | ⊥́
–́ ∪ | –́ ∪ | –́ ∪ | ⊥́
∪ –́ | ∪ ∪́ ∪ | ∪ ∪́ ∪ | ∪ –́ | ∪ ⊥́ | –́
–́ — | –́ ∪ ∪ | –́ ∪ ∪ | ⊔́
∪ –́ | ∪ –́ | ∪ ⊥́ | –́.

Observations. — v. 2 : j'écris ἀδαμαντοδέτοις, avec les *rec. cod.* — v. 3 : je conserve, avec Wecklein, les mots Τιτᾶνα λύμαις, retranchés par Weil.

Le rythme de cette épode est le même que celui de la dernière syzygie de la πάροδος.

v. 1, 3 : deux *iambes* et quatre *trochées*. Au v. 1, la 2e longue vaut 3 unités de mesure. Dans ces deux v. et v. 8, la longue finale vaut 3 unités. — v. 2 : un *iambe* et deux *anapestes* : ce mélange, dans un même κῶλον, de l'*iambe* et de l'*anapeste*, est fréquent dans les *iambo-dactyles*. — v. 4, 9 : l'avant-dernière longue vaut 3 temps. — v. 5, 10 : la longue finale vaut 4 temps. — v. 6, 11 : l'avant-dernière longue a une durée de 3 unités. — v. 7 : deux *iambes* et trois *trochées*. La dernière longue et la finale valent 3 temps.

Cette épode est formée de deux périodes *mésodiques* :

2,
4,
1,
2,
2,
4.
6,
4,
4,
2,
3,
4,
6,
4.
4.

DEUXIÈME ÉPISODE

436-525

Cet épisode, composé tout entier de *trimètres iambiques*, ne comprend qu'une scène entre Prométheus et le coryphée. Mais deux parties doivent y être distinguées :

Dans la première, Prométheus expose en deux couplets, séparés par un *quatrain* du coryphée formant *mésode*, les services qu'il a rendus aux humains. Le premier couplet commence par un prélude de 3 v. (436-8) et se termine par une conclusion de 3 v. (469-71). Entre ces deux *tristiques*, un développement de 30 v. (439-68). Le deuxième couplet commence par un préambule de 2 v. (476-7) et se termine par une conclusion de 2 v. (505-6). Entre ces deux *distiques*, un développement de 27 v. seulement (478-504). Mais il est vraisemblable, comme l'a remarqué Weil, qu'il y a une lacune après le v. 474, et cette lacune peut être de 3 v. Nous aurions ainsi 30 v., comme dans le couplet précédent :

Pr. 3.
30.
3.
C. 4.
Pr. 2.
30.
2.

Dans la deuxième partie, le coryphée engage par un premier *quatrain* (507-10) le Titan à rompre ses liens ; dans un second *quatrain* (511-4), Prométheus réplique que sa destinée s'y oppose. Enfin, après une courte *stichomythie* (515-21), Prométheus conclut toute la scène par un troisième *quatrain* (522-5).

DEUXIÈME STASIMON

526-60

Le deuxième *stasimon* comprend deux syzygies :

A : 526-35.
A′ : 536-43.
B : 544-51,
B′ : 552-60.

La première syzygie (A A′ 526-35 = 536-43) est composée dans le rythme *dactylo-épitritique* :

Μηδάμ' ὁ πάντα νέμων
θεῖτ' ἐμᾷ γνώμᾳ κράτος ἀντίπαλον Ζεύς,
μηδ' ἐλινύσαιμι θεοὺς ὁσίαις
θοίναις ποτινισσομένα
βουφόνοις παρ' Ὠκεανοῦ πατρὸς ἄσβεστον [πόρον,
μηδ' ἀλίτοιμι λόγοις·
ἀλλά μοι τοῦτ' ἐμμένοι καὶ μήποτ' ἐκτακείη·

ἁδύ τι θαρσαλέαις 1.
τὸν μακρὸν τείνειν βίον ἐλπίσι, φαναῖς 2.
θυμὸν ἀλδαίνουσαν ἐν εὐφροσύναις. 3.
Φρίσσω δέ σε δερκομένα 4.
μυρίοις μόχθοις διακναιόμενον <– – ⏑ –>. 5.
Ζῆνα γὰρ οὐ τρομέων 6.
ἰδίᾳ γνώμᾳ σέβει θνατοὺς ἄγαν, Προμηθεῦ. 7.

–́ ⏑ ⏑ | –́ ⏑ ⏑ | ⊔́
–́ ⏑ – – ‖ –́ ⏑ ⏑ | –́ ⏑ ⏑ | –́ –
–́ ⏑ – – ‖ –́ ⏑ ⏑ | –́ ⏑ ⏑ | ⊔́
– –́ | ⏑ ⏑ –́ | ⏑ ⏑ –́
–́ ⏑ – ⏑ ‖ –́ ⏑ ⏑ | –́ ⏑ ⏑ | –́ – ‖ –́ ⏑ ⊔
–́ ⏑ ⏑ | –́ ⏑ ⏑ | ⊔́
–́ ⏑ – – | –́ ⏑ – – | –́ ⏑ – ⏑ | –́ ⊔.

Observations. — Au v. 5 de l'antistrophe, manquent 4 syllabes ayant la valeur – | –́ ⏑ ⊔. La concordance antistrophique est, d'ailleurs, complète.

v. 1 : la longue finale vaut 4 temps. Cf. 3, 4. — v. 4 : κῶλον *anapestique*. — v. 5 : la longue finale vaut 4 unités de mesure. — v. 7 : les deux dernières longues valent l'une 3, l'autre 4 temps.

Le rythme *dactylo-épitritique* se retrouve dans la première syzygie du troisième *stasimon*. Selon Westphal (*o. l.*), les *dactylo-épitrites*, qui sont les mètres le plus souvent employés dans les *épinicies* de Pindare, ne se rencontreraient dans aucune autre tragédie d'Eschyle. Ce serait une preuve que les parties lyriques du *Prométhée* n'ont pas été composées dans le même temps que le dialogue. Weil (*o. l.*) a montré que cette manière de voir n'était pas acceptable, d'abord parce que les idées exprimées dans ces deux *stasima*, assez semblables à celles qui inspirent les *épinicies* pindariques, s'accommoderaient du mètre usité dans ce genre de poésie ; ensuite parce qu'on reconnaît les *dactylo-épitrites* dans un fragment des *Héraclides* d'Eschyle, publié par von Wilamowitz-Moellendorf (*Ind. sch. hibern, Gryphisw.* 1877) et réédité par Nauck dans ses *Fragmenta tragic. graec.* (1889). De ce rapprochement, Weil conclut avec raison que, n'ayant pas toute l'œuvre d'Eschyle, nous ne sommes nullement fondés à affirmer qu'il n'employait pas tel ou tel rythme ; toute généralisation est téméraire. Voici, comme terme de comparaison, le fragment des *Héraclides* (texte de Nauck) :

. . . ἐκεῖθεν
ὥρμενος ὀρθοκέρως βοῦς ἤλασ' ἀπ' ἐσχατιᾶν (Weil)

γαίας, ὠκεανὸν περάσας ἐν δέπα χρυσηλάτῳ (Weil)
βότηράς τ' ἀδίκους κατέκτα δεσπότην τε τρίπτυχον (Wilam.)
τρία δόρη πάλλοντα χερσίν (Weil)
<∪ ∪ ∪ — >σάκη προτείνων τρεῖς τ' ἐπισσείων λόφους
στεῖχεν ἴσος (Weil) Ἄρει βίαν.

<... ∠> ∪ — —
∠ ∪ ∪ | ∠ ∪ ∪ | ∠ — | ∠ ∪ ∪ | ∠ ∪ ∪ | ⊔
∠ — | ∠ ∪ ∪ | ∠ ∪ ∪ | ⊔ ‖ ∠ ∪ — — | ∠ ∪ ⊔
∪ ∠ ‖ ∠ ∪ ∪ ‖ ∠ ∪ — ∪ | ∠ ∪ — ∪ | ∠ ∪ ⊔
∪ ∪ ∪ — — | ∠ ∪ — —
<∪ ∪ ∪ — > ∪ | ∠ ∪ — — | ∠ ∪ — — | ∠ ∪ ⊔
∠ ∪ ∪ ∪ ∪ | ∠ ∪ ⊔.

La dernière syzygie (B B′ 544-51 — 552-60) est composée dans le rythme *élégiambique*.

Φέρ' ὅπως ἄχαρις χάρις, ὦ φίλος, εἰπὲ ποῦ [τίς ἀλκά,
τίς ἐφαμερίων ἄρηξις; οὐδ' ἐδέρχθης
ὀλιγοδρανίαν ἄκικυν, ἰσόνειρον, ᾇ τὸ φωτῶν
ἀλαὸν γένος ἐμπεποδισμένον; οὔποτε <– –>
τὰν Διὸς ἁρμονίαν θνατῶν παρεξίασι βουλαί.

Ἔμαθον τάδε σᾶς προσιδοῦσ' ὀλοὰς τύχας, [Προμηθεῦ,
τὸ διαμφίδιον δέ μοι μέλος προσέπτα
τόδ' ἐκεῖνο θ' ὅτ' ἀμφὶ λουτρὰ καὶ λέχος σὸν [ὑμεναιοῦν
ἰότατι γάμων, ὅτε τὰν ὁμοπάτριον ἕδνοις
ἄγαγες Ἡσιόναν πείθων δάμαρτα κοινόλεκτρον.

∪ ∪ ∠ | ∪ ∪ ∠ | ∪ ∪ ∠ | ∪ ∪ ∠ ‖ ∪ ∠ | ∪ ⊔ | ∠
∪ ∪ ∠ | ∪ ∪ ∠ ‖ ∪ ∠ | ∪ ∠ | ∪ ⊔ | ∠
∪ ∪ ∠ | ∪ ∪ ∠ ‖ ∪ ∠ | ∪ ∠ | ∪ ∠ | ∪ ∠ | ∪ ⊔ | ∠
∪ ∪ ∠ | ∪ ∪ ∠ | ∪ ∪ ∠ | ∪ ∪ ∠ | ∪ ∪ ⊔ | ∠
∠ ∪ ∪ | ∠ ∪ ∪ | ⊔ ‖ — ∠ | ∪ ∠ | ∪ ∠ | ∪ ⊔ | ∠.

Observations. — La concordance antistrophique est complète si l'on excepte le v. 4 de la strophe, auquel manquent deux syllabes longues de la valeur ⊔ | ∠.

v. 1 : la longue pénultième a une durée de 3 temps. Il en est de même v. 3 et 5. — v. 4 : la longue pénultième vaut 4 temps. Il en est de même à la fin du κῶλον *dactylique* du v. 5.

TROISIÈME ÉPISODE

561-886

Le troisième épisode comprend : 1°) la *monodie* d'Io (561-612) ; 2°) l'épisode proprement dit (613-886).

Monodie d'Io. — Cette monodie est encore une exception dans les pièces d'Eschyle, qui nous ont été conservées. « Le *Prométhée*, dit Masqueray (*o. l.*, p. 270 sq.) appartient par sa Parodos à un type de tragédie qui se rapproche de celle de Sophocle et même d'Euripide. Cette monodie accuse encore la ressemblance. Sans doute, elle est fort éloignée des solos euripidéens : le style en est très ferme (1) et la métrique assez simple. Néanmoins, elle porte déjà une grave atteinte aux privilèges du coryphée, qui l'écoute en entier sans chanter ni réciter une seule syllabe. » Il est aisé de répondre à cette objection. Si la jeune fille chante, c'est que la surprise, l'effroi, les sentiments divers dont son âme est pénétrée, ne lui laissent pas assez de calme pour parler. Si le coryphée n'intervient pas, c'est qu'il ignore quelles épreuves elle a subies, quels tourments lui sont encore réservés. C'est à Prométheus, qui sait le passé d'Io et lit dans l'avenir, qu'il appartient de lui répondre. Il n'y a rien là que n'exige la situation.

(1) « Des alliances de mots comme τηλέπλανοι πλάναι 577, et πολύπλανοι πλάναι 585, où une épithète se rapporte à un substantif qui entre déjà dans sa composition, se trouvent ailleurs dans Eschyle. Se rappeler le πάτερ αἰνόπατερ des *Choéphores* 315. — Sur ces alliances de mots, que Sophocle, paraît-il, n'a pas connues, voir la note du v. 586 dans le *Prometheus* de Wecklein, Leipzig, Teubner, 1878.

Par la forme, cette monodie se distingue, d'ailleurs, des morceaux du même genre qui se rencontrent dans le théâtre d'Euripide. Elle comprend, en effet, un *prélude* (561-73), puis une syzygie *épirrhématique* (574-612). Elle n'est pas, comme les *soli* d'Euripide, composée d'éléments ἀπολελυμένα.

{ Α : *Io*.
{ α : *Prométheus*,

{ Α′ : *Io*.
{ α′ : *Prométheus*.

Masqueray reconnaît lui-même que cette « monodie porte dans sa construction des traces d'archaïsme. Eschyle s'est cru obligé dans α′ de donner un pendant à l'*épirrhème*. Cette symétrie, déjà rare dans les chants orchestiques, est tout à fait étrangère à l'art spécial que j'étudie ; on n'en trouve d'autre exemple que dans l'*Hécube*. »

Le prélude comprend deux parties. Dans la première (561-65), Io demande dans quel pays, au milieu de quel peuple elle se trouve, quel est le captif qui est là, cloué au rocher, et quelle fut sa faute. Le rythme est l'*anapestique* : un système *hypermètre*.

Τίς γῆ ; τί γένος ; τίνα φῶ λεύσσειν
τόνδε χαλινοῖς ἐν πετρίνοισιν
χειμαζόμενον ;
τίνος ἀμπλακίας ποινὰς ὀλέκει ;
σήμηνον ὅποι
γῆς ἡ μογερὰ πεπλάνημαι.
— —́ | ∪ ∪ —́ | ∪ ∪ —́ | — —́
— ∪ ∪ | — —́ | — ∪ ∪ | — —́
— —́ | ∪ ∪ —́
∪ ∪ —́ | ∪ ∪ —́ | — —́ | ∪ ∪ —́
— —́ | ∪ ∪ —́
— —́ | ∪ ∪ —́ | ∪ ∪ ⊔ | —́.

La distribution de ces vers est la suivante :

α
α
β,
α
β
α.

Piquée par le taon, Io s'écrie d'abord en *iambes*, ensuite en *iambo-dochmiaques* (566-73) :

Ἂ ἆ, 1
χρίει τίς αὖ με τὰν τάλαιναν οἶστρος, 2
εἴδωλον Ἄργου γηγενοῦς, 3
ἄλευ' ἆ δᾶ, 4
τὸν μυριωπὸν εἰσορῶσα βούταν. 5
Ὁ δὲ πορεύεται δόλιον ὄμμ' ἔχων, 6
ὃν οὐδὲ κατθανόντα γαῖα κεύθει. 7
Ἀλλ' ἐμὲ τὰν τάλαιναν 8
κἀξ ἐνέρων περῶν 9
κυναγετεῖ πλανᾷ 10
τε νῆστιν ἀνὰ τὰν 11
παραλίαν ψάμμαν. 12

⌴ | ⌴́
— —́ | ∪ —́ | ∪ —́ | ∪ —́ | ∪ ⌴ | —́
— —́ | ∪ —́ | — —́ | ∪ —́
∪ ⌴ | ⌴ | —́
— —́ | ∪ —́ | ∪ —́ | ∪ —́ | ∪ ⌴ | —́
∪ ∪́ ∪ —́ ∪ — | ∪ ∪́ ∪ —́ ∪ —
∪ —́ | ∪ —́ | ∪ —́ | ∪ —́ | ∪ ⌴ | —́
— ∪ ∪ —́ | ∪ — —́
— ∪́ ∪ —́ ∪ —
∪ —́ | ∪ —́ | ∪ —́
∪ —́ ∪́ ∪ ∪ —
∪ ∪́ ∪ —́ — —.

Observations. — v. 2 : la longue pénultième vaut 3 temps. Cf. v. 5. 7, 8. — v. 4 : les 2e et 3e longues valent 3 temps. — Le 8e κῶλον est *iambo-choriambique*.

Les deux éléments de la syzygie (ΛΛ′, 575-88 = 593-608) sont *iambo-dochmiaques* :

Ὑπὸ δὲ κηρόπακτος ὀτοβεῖ δόναξ	Πόθεν ἐμοῦ σὺ πατρὸς ὄνομ' ἀπύεις;	1
ἀχέτας ὑπνοδόταν νόμον·	εἰπέ μοι τᾷ μογερᾷ τίς ὤν,	2
ἰὼ ἰὼ πόποι, ποῖ μ' ἄγουσιν <∪ –>	τίς ἄρα μ', ὦ τάλας, τὰν ταλαίπωρον ὧδ'	3
τηλέπλανοι πλάναι;	ἔτυμα προσθροεῖς,	4
τί ποτέ μ', ὦ Κρόνιε παῖ, τί ποτε ταῖσδ'	θεόσυτόν τε νόσον ὠνομάσας ἃ	5
ἐνέζευξας εὑρὼν ἁμαρτοῦσαν ἐν	μαραίνει με χρίουσα κέντροις <∪ –>	6
πημοσύναις, ἐή,	φοιταλέοις, ἐή.	7
οἰστρηλάτῳ δὲ δείματι δειλαίαν	Σκιρτημάτων δὲ νήστισιν αἰκίαις	8
παράκοπον ὧδε τείρεις;	λαβρόσυτος ἦλθον, <Ἥρας>	9
πυρί <με> φλέξον, ἢ χθονὶ κάλυψον, ἢ	ἐπικότοισι μήδεσι δαμεῖσα. Δυσ-	10
ποντίοις δάκεσι δὸς βοράν,	δαιμόνων δὲ τίνες οἵ, ἐή,	11
μηδέ μοι φθονήσῃς	οἷ' ἐγὼ μογοῦσιν;	12
εὐγμάτων , ἄναξ.	ἀλλά μοι τορῶς	13
Ἅδην με πολύπλανοι πλάναι	τέκμηρον ὅ τι μ' ἐπαμμένει	14
γεγυμνάκασιν, οὐδ' ἔχω μαθεῖν ὅπᾳ	παθεῖν, τί μῆχαρ, ἢ τί φάρμακον νόσου,	15
πημονὰς ἀλύξω.	δεῖξον, εἴπερ οἶσθα·	16
Κλύεις φθέγμα τᾶς βούκερω παρθένου;	θρόει, φράζε τᾷ δυσπλάνῳ παρθένῳ.	17

∪ ∪́ ∪ –́ ∪ – | ∪ ∪́ ∪ –́ ∪ –
–́ ∪ – | – ∪́ ∪ –́ ∪ –
∪ ∪́ ∪ –́ ∪ – | –́ ∪ – | –́ ∪ –
– ∪́ ∪ –́ ∪ –
∪́ ∪ ∪ – | ∪́ ∪ ∪ – | ∪́ ∪ ∪ –
∪ –́ –́ ∪ – | –́ ∪ – | –́ ∪ –
– ∪́ ∪ –́ ∪ –
– – ∪ –́ ‖ ш ∪́ | – ∪ ∪ –́ | ⊔ ⊔́
∪ ∪́ ∪ | ∪ –́ | ∪ ⊔́ | –́
∪ ∪́ ∪ –́ ∪ – | ∪ ∪́ ∪ –́ ∪ –
–́ ∪ – | ∪ ∪́ ∪ –́ ∪ –

–́ ⏑ | –́ ⏑ | ⏗́ | ⏗́
–́ ⏑ | –́ ⏑ | ⏗́
⏑ –́ | ⏑ ⏑ ⏑ | ⏑ –́ | ⏑ –́
⏑ –́ | ⏑ –́ | ⏑ –́ | ⏑ –́ | ⏑ –́ | ⏑ –́
–́ ⏑ | –́ ⏑ | ⏗́ | ⏗́
⏑ –́ –́ ⏑ — | –́ ⏑ — | –́ ⏑ —

Observations. — Suppléez < ⏑ — > au v. 3 de la strophe et au v. 6 de l'antistrophe. — v. 4 : dans l'antistrophe, la syllabe initiale est brève. La mesure n'en est point changée. Les deux strophes concordent d'ailleurs parfaitement.

Les κῶλα 2, 3, 6, 11, 17 contiennent des éléments *péoniques*.— Le 5e membre est une tripodie *péonique*. — Le 8e κῶλον est formé d'un *diiambe* et d'un élément *iambo-choriambique* à *anacrouse*. Devant la brève initiale, il faut suppléer un silence de 5 temps; les deux dernières longues valent chacune 3 unités. — v. 9 : la longue pénultième vaut 3 temps. — v. 12, 13, 16 : κῶλα *trochaïques;* dans le 1er, les deux dernières longues (cf. v. 16); dans la 2e, la dernière valent 3 temps.

Les deux *épirrhèmes* symétriques (589-92, 609-12) attribués à Prométheus sont formés de *trimètres iambiques*.

Épisode. — L'épisode proprement dit est formé de deux parties (613-86, 696-876), séparées par un χορικόν (687-95).

Dans la 1re partie (613-30), le dialogue est symétrique :

Io : 2 v.		*Io* : 2 v.
Pr. : 1 v.	=	*Pr*. : 1 v.
Stichomythie.		*Stichomythie*.

Ensuite, le coryphée réclame d'Io le récit de ses souffrances (4 v. 631-4); Prométheus le demande également (5 v. 635-9); bien que ces souvenirs lui soient douloureux, la jeune fille y consent (5 v. 640-4). Elle expose d'abord ses visions (10 v. 645-54), puis la conduite de son père, enfin sa métamorphose (10 v. 673-82); elle demande que le secret de l'avenir lui soit dévoilé (4 v. 683-6). On a ainsi :

C. 4.
Pr. 5.
Io. 5. 10..... 10. 4.

Toute cette partie de l'épisode est en *trimètres iambiques*.

Les Océanides, émues des malheurs d'Io, chantent une strophe composée de mètres divers : après une introduction *péonique*, deux hexapodies *iambiques* encadrent une dipodie *dochmiaque*; viennent ensuite deux tétrapodies, l'une *dactylique*, l'autre *anapestique*; enfin, deux κῶλα *iambiques* servent de clausule :

Ἔα ἔα, ἄπεχε, φεῦ· 1
οὔποτ' οὔποτ' ηὔχουν ξένους 2
μολεῖσθαι λόγους ἐς ἀκοὰν ἐμάν, 3
οὐδ' ὧδε δυσθέατα καὶ δύσοιστα, 4
πήματα, λύματα, δείματα κέντρῳ 5
ψύχειν ψυχὰν ἀμφάκει. 6
Ἰὼ μοῖρα μοῖρα, 7
πέφριχ' εἰσιδοῦσα πρᾶξιν Ἰοῦς. 8

∪́ ∪ ∪ — | ∪́ ∪ ∪ —
— —́ | ∪ ⏗ | —́ | ∪ ⏗ | —́ | ∪ —́
∪ —́ —́ ∪ — | ∪ ∪́ ∪ —́ ∪ —
— —́ | ∪ —́ | ∪ —́ | ∪ —́ | ∪ ⏗ | —́
—́ ∪ ∪ | —́ ∪ ∪ | —́ ∪ ∪ | —́ —
— —́ | — —́ | — ⏘ | —́
∪ ⏗ | —́ | ∪ ⏗ | —́
∪ ⏗ | —́ | ∪ —́ | ∪ —́ | ∪ ⏗ | —́

Observations. — v. 2 : série iambique syncopée. Cf. v. 4, 7, 8, — v. 6 : ***spondées anapestiques*, dans lesquels la longue pénultième a une durée de 4 temps.**

Le dialogue *iambique* reprend après ce χορικὸν. Deux distiques, l'un de Prométheus (696-7), l'autre du coryphée (698-9), précèdent le long couplet, dans lequel le Titan prédit les erreurs d'Io en Europe (700-41).

Le discours de Prométheus est suivi d'une exclamation *iambique* d'Io :

Ἰώ μοί μοι.
∪ – | – | –

Après un *distique* de Prométheus (743-4) et deux *monostiques* du coryphée et de Prométheus (745-6) viennent deux couplets de 5 v. d'Io et de Prométheus (747-51, 752-6): puis s'engage entre la vagabonde et le supplicié un dialogue *stichomythique* (757-81). La dernière réplique de Prométheus est formée d'un *distique* au lieu d'un *stique*.

Après un *quatrain* du coryphée (782-5), Prométheus annonce, dans un second *quatrain* (786-9), qu'il va achever l'itinéraire d'Io; il prédit, en effet, ses courses jusqu'à son arrivée dans le Delta du Nil, terme de ses épreuves (790-818).

Après un nouveau *quatrain* du coryphée (819-22), Prométheus déclare dans un *quatrain* (823-6) que, pour autoriser ses prophéties, il fera le récit des erreurs passées d'Io. Il les raconte, en effet, puis il dénombre toute la descendance de la jeune fille. On a ainsi :

C.	4.	
Pr.	4.....	
C.	4.	
Pr.	4.....	

(P. Girard, (*Rev. des Ét. gr.*, 1899, p. 149 sq.) tient pour interpolé le récit des erreurs passées d'Io. Mais les raisons qu'il allègue contre cette narration sont plus spécieuses que probantes. C. Robert (*Hermès*, 1896, p. 573 sq.) fait justement observer que c'est l'intervention du coryphée qui provoque ce retour vers le passé et qu'il y a là un artifice du poète pour présenter aux spectateurs un tableau complet des aventures d'Io. Il ne me paraît point que P. Girard ait réussi à ruiner ces deux arguments).

A ce moment, Io, qui sait tout ce qu'elle désirait apprendre, est de nouveau piquée par le taon; égarée par le délire, elle quitte le λογεῖον en débitant παρακαταλογάδην un système *anapestique hypermètre* (877-86) :

'Ελελεῦ, ἐλελεῦ,
ὑπό μ' αὖ σφάκελος καὶ φρενοπληγεῖς
μανίαι θάλπουσ', οἴστρου δ' ἄρδις
χρίει μ' ἄπυρος,
κραδία δὲ φόβῳ φρένα λακτίζει.
Τροχοδινεῖται δ' ὄμμαθ' ἑλίγδην,
ἔξω δὲ δρόμου φέρομαι λύσσης
πνεύματι μάργῳ, γλώσσης ἀκρατής·
θαλεροὶ δὲ λόγοι παίουσ' εἰκῇ
στυγνῆς πρὸς κύμασιν ἄτης.

⏑ ⏑ –́ | ⏑ ⏑ –́
⏑ ⏑ –́ | ⏑ ⏑ –́ | – ⏑́ ⏑ | – –́
⏑ ⏑ –́ | – –́ | – –́ | – –́
– –́ | ⏑ ⏑ –́
⏑ ⏑ –́ | ⏑ ⏑ –́ | ⏑ ⏑ –́ | – –́
⏑ ⏑ –́ | – –́ | – ⏑́ ⏑ | – –́
– –́ | ⏑ ⏑ –́ | ⏑ ⏑ –́ | – –́
– ⏑́ ⏑ | – –́ | – –́ | ⏑ ⏑ –́
⏑ ⏑ –́ | ⏑ ⏑ –́ | – –́ | – –́
– –́ | – –́ | ⏑ ⏑ ⊔́ | –́.

Ces vers sont ainsi distribués :

α
β
β
α

β
β

β
β

β
β

TROISIÈME STASIMON

887-906

Le troisième stasimon a la forme *épodique*. Il ne comprend qu'une syzygie, suivie d'une *épode* :

A : 887-93,
A′ : 894-900.
B ; 901-6.

La syzygie (AA′, 887-93 = 894-900) est *dactylo-épitritique*.

Ἦ σοφὸς ἦ σοφὸς ἦν ὃς	Μήποτε μήποτέ <τοι> μ', ὦ	1
πρῶτος ἐν γνώμᾳ τόδ' ἐβάστασε καὶ γλώσ-	<πότνιαι> Μοῖραι, λεχέων Διὸς εὐνά-	2
σᾳ διεμυθολόγησεν,	τειραν ἴδοισθε πέλουσαν·	3
ὡς τὸ κηδεῦσαι καθ' ἑαυτὸν ἀριστεύει μακρῷ,	μηδὲ πλαθείην γαμέτᾳ τινὶ τῶν ἐξ οὐρανοῦ.	4
καὶ μήτε τῶν πλούτῳ διαθρυπτομένων	Ταρβῶ γὰρ ἀστεργάνορα παρθενίαν	5
μήτε τῶν γέννᾳ μεγαλυνομένων	εἰσορῶσ' Ἰοῦς ἀμαλαπτομέναν	6
ὄντα χερνήταν ἐραστεῦσαι γάμων.	δυσπλάνοις Ἥρας ἀλατείαις πόνων.	7

–́ ⏑ ⏑ | –́ ⏑ ⏑ | –́ –
–́ ⏑ – – ‖ –́ ⏑ ⏑ | –́ ⏑ ⏑ | –́ –
–́ ⏑ ⏑ | –́ ⏑ ⏑ | –́ –
–́ ⏑ – – ‖ –́ ⏑ ⏑ | –́ ⏑ ⏑ | –́ – ‖ –́ ⏑ ⊔
– – ⏑ –́ ‖ – –́ | ⏑ ⏑ –́ | ⏑ ⏑ –́
–́ ⏑ – – ‖ –́ ⏑ ⏑ | –́ ⏑ ⏑ | ⊔
–́ ⏑ – – | –́ ⏑ – – | –́ ⏑ ⊔.

Observations. — La concordance antistrophique est complète.

Le rythme de cette syzygie est le même que celui de la première syzygie du deuxième *stasimon*, — v. 5 : c'est tout naturellement l'*épitrite troisième* qui est associé à des *anapestes*.

La longue finale des membres 4, 6, 7 a une valeur de 4 temps.

L'épode est *iambique* :

Ἐμοὶ δ', ὅτῳ μὲν ὁμαλὸς ὁ γάμος, ἄφοβος μή- 1
δε κρεισσόνων θεῶν 2
ἔρως ἄφυκτον ὄμμα προσδράκοι με· 3
Ἀπόλεμος ὅδε γ' ὁ πόλεμος, ἄπορα πόριμος· οὐδ' 4
ἔχω τίς ἂν γενοίμαν· 5
τὰν Διὸς γὰρ οὐχ ὁρῶ 6
μῆτιν ὅπᾳ φύγοιμ' ἄν. 7

∪ –́ | ∪ –́ | ∪ ∪́ ∪ | ∪ ∪́ ∪ | ∪ ∪́ ∪ | ∪ –́
∪ –́ | ∪ –́ | ∪ –́
∪ –́ | ∪ –́ | ∪ –́ | ∪ –́ | ∪ ⊔́ | –́
∪ ∪́ ∪ | ∪ ∪́ ∪ | ∪ ∪́ ∪ | ∪ ∪́ ∪ | ∪ ∪́ ∪ | ∪ –́
∪ –́ | ∪ –́ | ∪ ⊔́ | –́
–́ ∪ | –́ ∪ | –́ ∪ | ⊔́
– ∪ ∪ –́ | ∪ ⊔́ –́.

Observations. — **Dans les 3e et 5e** κῶλα, la longue pénultième vaut 3 temps. — **Le 6e membre est** ***trochaïque***; **la longue finale vaut 3 temps.** — **La clausule est** ***iambo-choriambique***; **l'avant-dernière longue vaut 3 unités de mesure.**

La première partie de l'épode est ***mésodique***, α β α. **La seconde présente le dessin** α γ γ δ.

EXODE

907-1093

L'exode comprend deux scènes, l'une entre Prométheus et le coryphée (907-43): l'autre entre Prométheus, Hermès et le coryphée (944-1093).

Première scène. — Prométheus prédit de nouveau la chute de Zeus : nul autre dieu que lui ne connaît le moyen de détourner ce malheur (8 v, 907-14). C'est à tort que Zeus a confiance en l'avenir (3 v. 915-9); un jour, il saura quelle différence il y a entre régner et servir (8 v. 920-7). Ensuite

s'engage un dialogue *stichomythique* entre le coryphée et Prométheus. Celui-ci, au dernier vers qu'il prononce, ajoute un *a parte* de 3 v. (938-40), dans lequel il répète que le pouvoir de Zeus ne durera plus longtemps. Dans un autre *tristique* (941-3), qui sert de transition vers la scène suivante, il annonce l'arrivée d'Hermès :

Pr. 8, 5, 8,
Stichomythie.
Pr. 3, 3.

Deuxième scène. — Cette scène comprend deux parties, l'une *iambique* (944-1039); l'autre *anapestique* (1040-fin). Dans la partie *iambique*, Hermès, à son entrée en scène, apostrophe le Titan en 9 v. (944-52). Après 2 v. (953-4), dans lesquels il se récrie sur l'arrogance de son langage, Prométheus lui réplique en 9 v. (955-63). Hermès et Prométheus échangent, à deux reprises, deux *distiques* (Weil suppose qu'après le v. 969, il y a une lacune d'un v., ce qui rétablit la forme *distichomytique*, 964-70); puis, à deux *stiques* d'Hermès répondent deux *distiques* de Prométheus (971-6); enfin, le dialogue devient *stichomythique* (977-86). Le v. 980 est partagé entre une interjection de Prométheus et une phrase d'Hermès. Aux paroles d'Hermès, disant que Prométheus le raille comme s'il le prenait pour un enfant, le Titan réplique par un couplet de 10 v. (987-96). Viennent ensuite deux *stiques* d'Hermès et de Prométheus (997-8), un *distique* d'Hermès (999-1000), un couplet de Prométheus, dans lequel l'inflexible Titan proteste qu'il ne s'abaissera jamais à implorer son ennemi (1001-6). Après un vers de transition, Hermès avertit Prométheus qu'il sera frappé de la foudre et englouti sous les débris de la montagne à laquelle il est attaché; il reparaîtra ensuite à la lumière, pour être déchiré par un vautour. Ce supplice n'aura un terme que si un dieu s'offre à le subir à sa place (6. 6. 6. 6. v. 1008-31). Zeus sera inflexible (4 v. 1032-5). A cette conclusion répondent 4 vers du coryphée (1036-9), qui terminent la première partie de cette scène.

La seconde partie est tout entière formée de systèmes *anapestiques hypermètres* disposés symétriquement :

Pr. 14 v. 1040-63,
H. 9 v. 1054-62,
C. 8 v. 1063-70,
H. 9 v. 1071-9,
Pr. 14 v. 1080-93.

C'est la composition *mésodo-antithétique*. Les 8 vers attribués au coryphée forment la mésode.

Tous ces anapestes sont débités παρακαταλογάδην.

La scansion est la suivante :

Prométheus :

Εἰδότι τοί μοι τάσδ' ἀγγελίας
ὅδ' ἐθώϋξεν, πάσχειν δὲ κακῶς
ἐχθρὸν ὑπ' ἐχθρῶν οὐδὲν ἀεικές.
Πρὸς ταῦτ' ἐπ' ἐμοὶ ῥιπτέσθω μὲν
πυρὸς ἀμφήκης βόστρυχος, αἰθὴρ δ'
ἐρεθιζέσθω βροντῇ σφακέλῳ τ'
ἀγρίων ἀνέμων· χθόνα δ' ἐκ πυθμένων
αὐταῖς ῥίζαις πνεῦμα κραδαίνοι,
κῦμα δὲ πόντου τραχεῖ ῥοθίῳ
συγχώσειεν τῶν οὐρανίων
ἄστρων διόδους, ἔς τε κελαινὸν
Τάρταρον ἄρδην ῥίψειε δέμας

τοὐμὸν ἀνάγκης στερραῖς δίναις·
πάντως ἐμέ γ' οὐ θανατώσει.

— ∪́ ∪ | — ∠ | — ∠ | ∪ ∪ ∠
∪ ∪ ∠ | — ∠ | — ∠ | ∪ ∪ ∠
— ∪́ ∪ | —‡ ∠ | — ∪́ ∪ | — ∠
— ∠ | ∪ ∪ ∠ | — ∠ | — ∠
∪ ∪ ∠ | — ∠ | — ∪́ ∪ | — ∠
∪ ∪ ∠ | — ∠ | — ∠ | ∪ ∪ ∠
∪ ∪ ∠ | ∪ ∪ ∠ | ∪ ∪ ∠ | ∪ ∪ ∠
— ∠ | — ∠ | — ∪́ ∪ | — ∠
— ∪́ ∪ | — ∠ | — ∠ | ∪ ∪ ∠
— ∠ | — ∠ | — ∠ | ∪ ∪ ∠
— ∠ | ∪́ ∪ ∠ | — ∪́ ∪ | — ∠
— ∪́ ∪ | — ∠ | — ∠ | ∪ ∪ ∠
— ∪́ ∪ | — ∠ | — ∠ | — ∠
— ∠ | ∪́ ∪ ∠ | ∪ ∪ └∠ | ∠

Hermès :

Τοιάδε μέντοι τῶν φρενοπλήκτων
βουλεύματ' ἔπη τ' ἔστιν ἀκοῦσαι.
Τί γὰρ ἐλλείπει μὴ <οὐ> παραπαίειν
ἡ τοῦδ' εὐχή; τί χαλᾷ μανιῶν;
ἀλλ' οὖν ὑμεῖς γ' αἱ πημοσύναις
συγκάμνουσαι ταῖς τοῦδε τόπων
μετά ποι χωρεῖτ' ἐκ τῶνδε θοῶς,
μὴ φρένας ὑμῶν ἠλιθιώσῃ
βροντῆς μύκημ' ἀτέραμνον.

— ∪́ ∪ | — ∠ | — ∪́ ∪ | —‡ ∠
— ∠ | ∪ ∪ ∠ | — ∪́ ∪ | — ∠
∪ ∪ ∠ | — ∠ | — ∪́ ∪ | — ∠
— ∠ | — ∠ | ∪ ∪ ∠ | ∪ ∪ ∠
— ∠ | — ∠ | — ∠ | ∪ ∪ ∠
— ∠ | — ∠ | — ∠ | ∪ ∪ ∠
∪ ∪ ∠ | — ∠ | — ∠ | ∪ ∪ ∠
— ∪́ ∪ | — ∠ | — ∪́ ∪ | — ∠
— ∠ | — ∠ | ∪ ∪ ‡∪—|∠.

Coryphée :

Ἄλλο τι φώνει καὶ παραμυθοῦ μ'

ὅ τι καὶ πείσεις· οὐ γὰρ δή που
τοῦτό γε τλητὸν παρέσυρας ἔπος.
Πῶς με κελεύεις κακότητ' ἀσκεῖν:
μετὰ τοῦδ' ὅ τι χρὴ πάσχειν ἐθέλω·
τοὺς προδότας γὰρ μισεῖν ἔμαθον,
κοὐκ ἔστι νόσος
τῆσδ' ἥντιν' ἀπέπτυσα μᾶλλον.

— ∪ ∪ | — ∠ | — ∪ ∪ | — ∠
∪ ∪ ∠ | — ∠ | — ∠ | — ∠
— ∪ ∪ | — ∠ | ∪ ∪ ∠ | ∪ ∪ ∠
— ∪ ∪ | — ∠ | ∪ ∪ ∠ | — ∠
∪ ∪ ∠ | ∪ ∪ ∠ | — ∠ | ∪ ∪ ∠
— ∪ ∪ | — ∠ | — ∠ | ∪ ∪ ∠
— ∠ | ∪ ∪ ∠
— ∠ | ∪ ∪ ∠ | ∪ ∪ ⊔ | ∠

Hermès :

'Αλλ' οὖν μέμνησθ' ἁγὼ προλέγω
μηδὲ πρὸς ἄτης θηραθεῖσαι
μέμψησθε τύχην, μηδέ ποτ' εἴπηθ'
ὡς Ζεὺς ὑμᾶς εἰς ἀπρόοπτον
πῆμ' εἰσέβαλεν· μὴ δῆτ', αὐταὶ δ'
ὑμᾶς αὐτάς · εἰδυῖαι γὰρ
κοὐκ ἐξαίφνης οὐδὲ λαθραίως
εἰς ἀπέραντον δίκτυον ἄτης
ἐμπλεχθήσεσθ' ὑπ' ἀνοίας.

— ∠ | — ∠ | — ∠ | ∪ ∪ ∠
— ∪ ∪ | — ∠ | — ∠ | — ∠
— ∠ | ∪ ∪ ∠ | — ∪ ∪ | — ∠
— ∠ | ∠ — | — ∪ ∪ | — ∠
— ∠ | ∪ ∪ ∠ | — ∠ | — ∠
— ∠ | — ∠ | — ∠ | — ∠
— ∠ | — ∠ | — ∪ ∪ | — ∠
— ∪ ∪ , — ∠ | — ∪ ∪ | — ∠
— ∠ | — ∠ | ∪ ∪ ⊔ | ∠

Prométheus :

Καὶ μὴν ἔργῳ κοὐκέτι μύθῳ
χθὼν σεσάλευται.
Βρυχία δ'ἠχὼ παραμυκᾶται
βροντῆς, ἕλικες δ'ἐκλάμπουσι
στεροπῆς ζάπυροι, στρόμβοι δὲ κόνιν
εἱλίσσουσι · σκιρτᾷ δ'ἀνέμων
πνεύματα πάντων εἰς ἄλληλα
στάσιν ἀντίπνουν ἀποδεικνύμενα·
ξυντετάρακται δ'αἰθὴρ πόντῳ.
Τοιάδ' ἐπ' ἐμοὶ ῥιπὴ Διόθεν
τεύχουσα φόβον στείχει φανερῶς.
Ὦ μητρὸς ἐμῆς σέβας, ὦ πάντων
αἰθὴρ κοινὸν φάος εἱλίσσων,
ἐσορᾷς μ' ὡς ἔκδικα πάσχω

— —́ | — —́ | — ⏑ ⏑ | — —́
— ⏑ ⏑ | — —́
⏑ ⏑ —́ | — —́ | ⏑ ⏑ —́ | — —́
— —́ | ⏑ ⏑ —́ | — —́ | — —́
⏑ ⏑ —́ | ⏑ ⏑ —́ | — —́ | ⏑ ⏑ —́
— —́ | — —́ | — —́ | ⏑ ⏑ —́
— ⏑ ⏑ | — —́ | — —́ | — —́
⏑ ⏑ —́ | — —́ | ⏑ ⏑ —́ | ⏑ ⏑ —́
— ⏑ ⏑ | — —́ | — —́ | — —́
— —́ | ⏑ ⏑ —́ | — —́ | ⏑ ⏑ —́
— —́ | ⏑ ⏑ —́ | — —́ | ⏑ ⏑ —́
— —́ | ⏑ ⏑ —́ | ⏑ ⏑ —́ | — —́
— —́ | — —́ | ⏑ ⏑ —́ | — —́
⏑ ⏑ —́ | — —́ | ⏑ ⏑ ⊔́ | —́

Observation. — Le second vers de ce système est un *dimètre*. Dans le système qui fait antithèse à celui-ci, le vers correspondant est un *tétramètre*.

Conclusion. — Dans cette scansion, je n'ai rien trouvé d'anormal, rien qui témoignât d'un style différent de celui d'Eschyle, dans ses autres tragédies.

Aussi, en me plaçant au seul point de vue de la métrique et de la rythmique, puis-je conclure que les parties lyriques du *Prométhée enchaîné* sont, comme les parties dialoguées, l'œuvre du poète, et non pas une interpolation contemporaine des tragédies d'Euripide. Les caractères particuliers des chants orchestiques et la monodie d'Io trouvent une explication toute simple dans la nature même du drame et les passions qui agitent l'âme de la jeune fille. Il est d'une mauvaise méthode d'accepter comme postulat que le poète ait composé toutes ses pièces d'après un type unique. Il y avait plus de souplesse et de variété dans le génie d'Eschyle.

www.ingramcontent.com/pod-product-compliance
Lightning Source LLC
LaVergne TN
LVHW012014160826
845678LV00002B/822

* 9 7 8 2 3 2 9 6 6 7 7 8 2 *